目次

I

竹を植える 09
正午 16
卵 19
火 23
泡 28
木陰 30
安全 33
鰻 37

II

蟬 47
飴 54
葉 57
海 62
旅 65
みしみし 69

カーディガン

江戸雪＊歌集

III

絵　75
川　82
水門　85
クッキー　89
背中　92
息　95

IV

窓　103
肋　109
残　113
霊　116
sad song　118
舌　127
鳥　133

V
咎　137
眠　144
夢　150
約束　156

VI
灯台　163
靴　169
蝶　173
紫　174
古墳　179
船　182
顔　187
厨　191
面　197
地　203

後書き　212

歌集　カーディガン

I

竹を植える

風が好き風にさやげるものが好き胸に大きな
蝶をひろげて

そのいのちのびちぢみして竹林は葉の擦れる
おと響かせている

さささささやいでいたる若竹は夏を駆けゆ
く勇者のようで

いつからかさやげる音が欲しくなり竹を植え
よう春のおわりに

いつの間にほつほつあたま出してくる春のた
けのこ空をめざして

厳冬のかなしみじっと引き絞りそだちゆくと
は知らずにいたよ

根をはったのちに若芽はちくちくと冷たく畳
押し上げている

きっきっと床は軋めり　気づかない　それきり風がとおりぬけゆく

冬林檎もてばふわりといいにおい天の国へと届けたくなる

ききききとはっきり軋むその夜の床をつきぬけ筍はあり

死はこわく生きるも不気味　さやぎたる竹のひたすら美しい世に

たけのこは未来永劫つらぬいて生きているよ
と青い素足で

正午

日時計は太陽に刃を突き立ててきらきら春の
正午をつげる

雉だったことを忘れる自転車は花散るなかを
遠くなりゆく

喪いしものの重さを知りたかり正午の道はた
だ明るかり

顎あげてすこしわらって　春風がしんぞうの
音ききにくるから

卵

ふふふんと頰杖をつく窓辺には茎しなやかに
フリージア咲く

肋骨が冬の夕べに枯れたこともいつづけて
胸がざわつく

こっとんとちから喪う練習にしゃがんでみれ
ば春がきている

卵から漏れ出たような灯《あかり》あり通路をひたりひたりとゆけば

終電に眠りつづけていたひとが目覚める刹那せつなくて見る

すみやかに回送列車去りしのち残る軌道にこころを沿わす

火

空き家から噴き出す炎　たくわえし春夏秋冬
の突端が見ゆ

破裂音ひびく大火の外側にいのちなびかせ虫は集まる

火はふいに地を吸い込んでぽっかりと喉ぼとけ見す春の夜空へ

みずからの羽根を燃やさず鳥は木に青銅の声
もらしておりぬ

幽暗をことごとく焼く火を見つつどうしてか
喉が渇いている

ちかぢかと大火を見たるひとびとは無人列車
となり横たわる

欄干に花びらふわりわれもまた春風にのるま
さゆめを見つ

焼け跡に雨降りこぼれ雨垂れの奥には焦げた
ベッドがありぬ

泡

頬杖をついたら指は耳に触れプロペラまわる
音を聞いてた

気づかないうちに身体に入りこむ青錆ありや
肋骨痛む

泡まみれの手から流れてゆく水をいつかの春
の海が呼んでる

木陰

ひんやりと木陰に窓をひとつ置き覗いてみた
りひとを待ったり

朝顔の蔓が毳立ち六月になっても外を見ること
もなく

人形に〈名無しのナナ〉と名付けたる母のく
つした水玉模様

つっぷしている手鏡のなかの顔あさなあさな
に起き上がらせる

安全

カーテンは下にむかってやさしさを垂らして
それがときに傲慢

なんとなく見てはいけない焼跡に青いネット
が被されている

手を上げて道を渡ってゆくひとの向こうがわ
とはどのような場所

一日のおわりの空に絡まってまた流れゆく雲は安全

風吹けばこわれてしまう風景が狗尾草のこちらと向こう

ことごとく取り除く筋《すじ》おしゃべりのカールか
わいくスナップえんどう

枕をねふわっと重ねてねむろうよ夢の中では
雲のわたくし

鰻

梅雨という曲がり角にて限りないない種したたら
すメロンを開く

椿の実はどのようにして食べるのかかんがえ
ながらメロンを食べる

曇天に多肉植物ふくらんでふくらんでくる喪
失感も

風のなか夜どおし揺れていた花の遠心力の黄
いろまぶしい

左へとまずかたむいて肋骨をささえきれずに
転んでしまう

そののちは薄暗がりに顔をあげ馬なら軽く胴
震いする

ジャスミンに振りかえるとき風抜けてボーイ
ソプラノまた聴きたいな

ギンヤンマほきりと折れて落ちている　ここからもまた立ち去るのみに

夏が来てみどりの深くそよぐ木はベートーヴェンの指にあらねど

鰻屋にウナギ泳げりなにかしら言わなければ
とおもいつつ見る

靴を履くあの世のわたしがありありとわたし
を呼んで日は盛りなり

土手に出る鉄の階段つつつっとつまずけば風
わらっておりぬ

輪になってなんだか人は皆ひとり小さな壜に
夏雲あつめ

II

蟬

ねむりゆくときに肋骨重たかり生き残ったら
こんなさびしさ

流れたり崩れたりする安らかさ水はひたひた
夜明けに匂う

夏蟬のせまい声域たどりつつ下まつげから溢
れる涙

朝顔は朝を忘れる日もあってゆらゆら蔓を風
になびかす

うらがえる蟬の骸を片隅に掃き寄せている死
とは思わず

死はそばにあるようでまた死者だけのもので
あることとそうであること

朝顔の螺旋の声を聞いたけどはつなつの耳そ
よいでばかり

花殻の色に染まってゆく水に素足ひたせり
花にはなれぬ

噴水に崩れつづけている水がもう忘れよと飛
沫をとばす

問いつめてしまったあとに残るものミイラの
夜はきれいだろうな

肋骨のなかに響いている声をだれにも聞かす
ことなく死にき

横たわる肋骨あたりにモルヒネのテープを
うすいベージュいろだった

屋上に蟬の骸《むくろ》はまだあってまた水を撒くまた
飛べるよう

飴

花びらに水をかけてはなりませんそうよそう
よとしぼむ朝顔

母の膝にしぼませてあるカーディガン低く鳴きおりそうかそうかと

薄荷飴ふくみておればすうすうとしだいに喉《のみど》おおきくなれり

バス停は根こそぎ暮れて蟬声のなかへなかへ
と溶けてゆきたり

うつろうつろ日傘のなかに躓いて父はいつま
でたっても来ない

葉

またひとは虹になぐさめられてゆく　写真を
送ってくれてありがとう

半円の虹にわずかな痣があることにはふれず
ふれられずおり

兄の留守父の不在はありありと母を老いさせ
青天がある

ミュンヘンの森の近くに兄は棲みやっぱりデ
ユフィの絵を飾ってる

パソコンの画面にあらわれたる兄を木の葉の
ように母は触れたり

旅行用かばん覗けばお出ましの母の手袋ワイ
ンレッドの

手から手へわたってここにたどり着き雨粒の
痕のこる絵葉書

シリアルを耳にひびかせ食べながらありとあらゆる生命の音

海

白昼の帽子売場はまぶしくてわがものがおに
帽子をかぶる

白すぎる花さるすべりとぼとぼと過ぎゆく垣
根にあふれておりぬ

息をするときに肋骨はりつめる何ゆえという
こともなけれど

川底に見える落ち葉の黒光る今は自分の強さをたのむ

昼間には海をくるんでいた空が夜には海にくるまれている

旅

草原に牛がいた旅いつのことふたりは手など
振っただろうか

父と見た牛の話をする母のゆびさきすこし震えておりぬ

火水木金土日月境界がなくて天井見つめて母は

暗闇のなかの線路と平行に地下鉄車両は昼を
ゆきたり

アベリアのまた伸びている枝に触れ夜に触れ
もうまったくひとり

乗れなかった父の電車はどれだろうこの世の
駅に口笛ひびく

風つよきプラットフォームにたたずんでおれ
ば眼球痺れはじめる

みしみし

昼闇の郵便受けに立っている封書はキンモクセイを纏って

白いはな金色のはな咲いている道をたどれり
肋骨は宇宙

立ちどまるひとが見ているアベリアにいつか
わたしも立ちどまるかも

きた道もいく道もまた明るんで驟雨に濡れるバスに乗りこむ

水面に鳥はひかりを曳きながら飛び立ってゆくしばらくのこと

川岸に寄せてきていたかがやきもいつか終わ
ってしまうものだと

修善寺の宿の廊下のくらがりをみしみし踏ん
で満月でした

Ⅲ

絵

生きものが生きものを食うレストランきれい
な花が飾られている

悔やんでもゆるされなくても空は空　甘えた
声でうたうな鴉

電車からみえる墓地には人が居た　空を見て
いた　十字架だったかも

空き地から染み出してくる夕暮れをひたりひたりと人は踏みゆく

遠景はいつもやさしい林立のビルに無数の吐く息吸う息

なぜ死ねぬ訊きくる母に答えざり貴景勝は今日も突き相撲

くちごもるようなページをくりゆけば真っ赤なしおりひも現れる

テーブルの花粉を拭いなぜひとはうつむくばかり無言のままで

力づくで時計すすめている冬に肉をぎゅうぎゅうづめに炒める

早春のにじみ絵あそび呆けたる脳《なずき》のなかにひろがる赤や黄

うすい手紙やっとのことで書く母の夢のゆめゆめ浅瀬にゆれる

満月が夜にしっくりしてきたら今日見た犬が
懐かしくなる

部屋の灯をおとせば椅子を照らしくる月あり
がとう月おやすみね

川

天神橋から松屋町《まっちゃまち》筋《すじ》南下して東高麗橋《ひがしこうらいばし》におち
あう

おちあえば川と川とになるふたり時おり閉じ
る水門抱いて

このあたり上《うえ》町《まち》台《だい》地《ち》を往く人は海をながめる
すずしさを持つ

道はあるだから別れを怖がらず熊野街道ここ
に始まる

水門

安治川《あじがわ》の半円型の水門が上がれば河口はうごめくひかり

半円が春の霞に立ちあがりいつかこばんだ腕が恋しい

いくつかの橋のむこうが夕ぐれて今ごろおもうあのときの雲

アーチ型水門廃止のネットニュースほんまか
いなと虹が歌うよ

ええやんか虹はいつでも半円やん今日もたこ
焼きはんぶんこしよ

くれないの雲に肋骨あけわたす時が来たとき
死ぬから人は

クッキー

からっぽの特急列車が来るまではあと3分で
列に並んだ

流れゆく雲にいちいちさよならを誰のように
も生きられないね

てのひらの明かりをみせて手を振るよ別れに
狂ってしまわぬように

食べかけのクッキーかばんにあることがきらりきらりとする夜にいる

虚しさの崖っぷちから飛んでみるなんと静かな終わりの海へ

背中

ゆくさきのさだまらぬ胸押し出して平泳ぎする雨降るなかを

ユキヤナギ咲く中庭に手をひかれ歩める母の
背中が見える

見てしまうかなしみ抱いている道に着地した
葉はスズカケだった

セキレイがすいーと空を飛びこえたのちにふたたび雪が降りくる

空腹のままに青天みあげればすっからかんのリビングのよう

息

ぎしぎしと痛む肋骨抱えつつゆきたる道に猫
と目があう

思い出がむこうがわへと行ったままかえってこない母ねむる部屋

去年から咲きつづけてる水仙のラッパのぶぶんに息をかけたり

信じたいものを信じて地下道の壁に手すりの影がはりつく

目がまわるときはぐるんと安らかな明日が見える螺旋階段

紙送りなかなかされず伏したままＡ４用紙は
息苦しそう

指でつと押すだけのこと深呼吸しながら紙は
すいこまれゆく

てのひらが硬くて朝の火にかざす温もればま
た生きたくなった

まだ咲いているパンジーをつまみたり冬ざれ
の川のようなこころで

IV

窓

折りし枝をたかくかかげてこれは愛、観覧車
の上に鴉がうたう

どこからか西日のとどくソファには横目づかいの人形置いて

玄関に立てた傘からにじみ出す光を雨と呼んでいた今日

何を言ってもひとのこころは乱れると花びら
窓の外に流れる

巻尺が巻き戻されて空までの距離を抱きつつ
置かれていたり

母はもう父には逢えぬしゃらんしゃらん私が
あえないよりも逢えない

風のなか乱れつづける花びらのひとひらは樹
にもどってゆくよ

樹にもどる花びらはふと枝にふれ精霊にふれ
過去のわびしき

弱りゆくひとの体を抱き起こす　とっても重
い　藤が枝垂れる

はぐれないよう摑もうとてのひらをまず離し
たり離れゆきたり

肋

死に際に父の肋骨ふくらんでやがてしずもり
それからのこと

朝の日をたっぷり乗せた上まつげ、下まつげ、風のなかに搗ち合う

海をゆく船がやたらと光ってるまぶしくて海見えないけれど

この世には履くひとのなき靴のある玄関を出
て玄関を閉ず

空あかるすぎるちるちるちるさざんかの道を通っ
て昨日が遠い

大弓を引きしぼるひと肋骨はよろこびの風おこしているか

母と食む葡萄むらさき　机にはいつか死亡診断書がありき

残

ブラインドの羽ごとに日が反射して君の横顔
やさしくさせる

やわらかくなった輪ゴムをぐるぐると巻きた
りかりんとうの袋に

褪せてゆく百合はちからをうしなって朝のひ
かりにくるまれている

あきらめか安堵か百合ははなびらをあしたの
床に落としておりぬ

百合はもう香りおとろえゆきながら白反り返
るおもかげ残す

霊

霊感のままに歩いた靴底にツツジの花がはり
ついている

この庭は苦しむ余地がまだあるとシマトネリ
コが芽を出している

かならずと人が言いたるかならずを信じて入
る桜の木陰

sad song

雨傘の外側だけを濡らしつつ歩めり雨のことをおもって

月にあらず太陽にあらず天窓の明かりに母は
起き上がりたり

なぜ今が夜と分かるのしんみりと応えられず
にスープを掬う

体温を計らんとして手に触れし母の乳房は雲
のぬくとさ

ミュンヘンの兄より雪の動画きて二十八秒顔
寄せて見る

記憶とは白濁の嘘　一年と半年すぎた死を信じずに
咲くたびに空間わずかひずませて躑躅の紅は殖えてゆくのみ

あと少しのしんぼうなどと母は言う花のまんなかハナムグリ来て

ひいふうみい何度も父の息の根をよみがえらせて母は花摘む

手向けても父はもう亡し喪失が母の肌《はだえ》をすべ
り落ちたり

寒いとか暑いを知らず老い母はときには鳥に
まじって笑う

森になるかくごに立てる木になろう風に血管
うちふるわせて

便箋は文字のないまま卓上にひたと置かれて
夜を越えゆく

心地よい距離なんていういつわりを憎みひとりを呼んでる電柱

make it better　歌ったのちの一歩にはたしかになにか寄り添っていた

窓につく雨のしずくを見る母よ乗らねばなら
ぬバスがもう来る

まのあたり雨が降りたりたりビニールの傘ごしの
空見上げる夜は

舌

ルノワールの少女遠ざけてた日日にリボンは
空に反り返りおり

ひざかりの舗道に犬と人間が同じ顔して歩いておりぬ

おりてゆく海にかならずある無言　怒りではなく断念ではなく

ありますか手が震えたことありますか海を丸
呑みして立ち尽くし

荒草をまとえる椅子よきらめけよ人間が座ろ
うとしている

真夜中の廊下にフットライトあり人通るたび
光ちぎれる

〈れ〉は甘く〈り〉の鋭さよ歯の裏に舌ふる
わせて言うブーゲンビ、リ、ア

ブランコに裸足で立った日は遠し　投げ出さ
れたね空のまんなか

ゆりかもめひたすら川に飛んでいる午後の日
差しのなんという茫

火事のあとまた家が建ちガレージの水槽に亀
ときどき動く

新しい家に自転車五台見て火事のことなど忘
れてゆけり

鳥

にぎやかに鳥鳴いている夏空を何の宴《うたげ》か　出
ていくよもう

V

咎

ちかぢかと死者に呼ばれて来た沼に沼は見えざりいちめんの蓮

伝えたいことは伝わらないことで　大丈夫
言葉こなごなになっても

昼のあと夜でそのあと朝になる何故？って、
かごめかごめの鳥よ

蟬声のどこか聞こえる鉄の函に母と地上へおろされてゆく

目薬をおとす眼《まなこ》は恍惚と呼ぶほどなにも見ていない沼

忘れゆく名前はガーゼのハンカチのタグに書かれてアのつぎはキ、エ

千代崎橋　五分もあれば行けるのに懐かしいねと言葉を垂らす

影のごとソファァに眠り記憶からウラジオストク消えてしまえり

放すより引き寄すほうがおそろしく奪うとも言う窓から西陽

父の詩の硬い修辞よ中指で摩《さす》る同人誌「走れ
メロス」

向日葵が色褪せるまで立ち尽くす天井のない
頭痛に溺れ

定家葛が果てたる庭にながれ出す毒を咎とは
いわず　さりとて

眠

朝焼けがでんぐりがえって夕焼けで母は記憶
をたどり続ける

脳外科の医師に母がくりかえし話す記憶があって、

ははそはの嘲笑《わら》われつづけたその頃をくるむ
ようにも朝の日が差す

葉月いついつまで嘆く母だろう嘲笑いの函に
閉じこめられて

昧爽に蟬がつつっと鳴きはじめ夢もつつっと
伸び縮みして

わらわれることに怯えてわれを呼び暗闇のな
か黒眼ふるわす

歯車にからまり鳥がいなくなる　なかったことに　歯車の鬱

忘れないわたしが忘れないかぎり襤褸のような空が広がる

飛んでゆこう飛んで記憶を鮮紅の舌にあつめて噛み切るいつか

わらわれし日を遠景に母のその浅い眠りは死に似てゆけり

読めぬ本を机に積んでいる母をさびしがらせて列車は走る

夢

井戸水はひたすら真上を信じつつにんげんの
手や西瓜を冷やす

エノコロはエノコロだけと擦れあって記憶を
もたず生きるまぶしさ

忘れゆくことはまぶしいまぶしさは遠浅の苦
にひとを連れゆく

無花果と無花果もたれあっている箱をのぞいて今朝をよろこぶ

ながいきは日向の沼のようであり微笑んで微笑んで眠れり

夕ぐれはどこへか母は帰りたくタオルケット
を方形に畳む

本当と嘘とどっちがさびしいか嘘の娘となっ
て座れば

嘘の夜に嘘の三日月指さしていつか行けそう
シートベルトして

うなずいてすこし笑ってゆうまぐれまたうな
ずいて眠ってしまう

炎天に立つ灯台のように笑うマリリン・モンロー の夢をまた見る

約束

こつぜんと凌霄花のびてゆく夏のはじめの夜の屋上

屋上に誰も知られず咲いている凌霄花に蟻が
集まる

公園のポプラのまわり幼な子ががえがく周回軌
道まぶしい

いつか住む約束の地よめぐりゆくバスはちいさな川など渡り

水撒けばオニヤンマきて屋上に無線操縦装置のありや

踏切の音の聞こえる通路には今日もむくげが
落下している

VI

灯台

脱がせたる靴がまぶしき朝の日に脱がせたる
まま右と左に

むらさきの小さき花にかかわりて過ごす日の
あるどうしようもなく

かりそめに水に沈める梨の実の抵抗わずか指
につたわる

母座る車椅子載せそのつぎにわれも乗り咲州トンネルをゆく

ほそくほそく仕方ないねという声が漏れる口もとトンネルのなか

病室をまるごと抱えゆくちから海にはありて海になれない

灯台の見えている部屋ひとの声ききわけがたく時間が過ぎる

灯台は赤くかすんでいま海にただよっている
安らぎこばむ

病む母を置きしその窓ひとたびかふたたびか
見る何のためにか

たおれないようにユーカリ結わえられよく似
た色のさみどりの棒

ゆうがたに人がたおれる気配する草はら狗尾
草のからまる

靴

うつむいて靴をはかせた足首のほどの幹なり
道の椿は

車椅子そこに座ればなめらかに押され去りゆくのみのひとりは

虚空へと凌霄花はちかづいて咲ききったまましばらくをある

枯れたまま開きつづける花のむざん無言のち
からで引き抜くあした

舞っている葉はハナミズキくるまから見れば
どうしてこんなに眩しい

海の辺のしおからい草食みている馬はときおり尾をなびかせて

つと首を草からあげて風の間に馬が馬へと寄りゆける土地

蝶

揚羽蝶《アゲハ》飛ぶひよらひよらをso goodなどと誰
かがささやいている

紫

大仏の薄目を見上げほきほきと肋骨ほどいて
ゆきたり今日は

いっこうに古くならない空ふかく泳いでゆける父の水搔き

鉛筆は鉛ふくまぬ芯を持ち売られておりぬ晩秋のなか

色づいて公孫樹は秋をよろけるか窓によりゆくひとの心も

窓に寄る人はころんで喪失の秋がきたれりからだの淵に

あけがたに降る雨の音さわさわとときにやさ
しく肋骨鳴らす

萩の散る今年の紫掃きながらひとりふたりと
いなくなりたり

立ち枯れし柊きっぱり切ったのち冷えた刃が
おそろしくなる

あやまるのも違うようにてうつむいて西日を
つよくつよく所有す

古墳

まさゆめのように降り立つホームから上に向
かって階段があり

古墳へと誘うポスター指さしていたる人らに
めばえる古墳

にんげんは古墳のしめり持ちながら時おり花
や葉が散りながら

矢印の先は虚空に向きながら届いてみえて届かざりけり

船

白粥に山椒の実が浮かぶのは昼のことにて秋
の雨降る

窓からは赤く灯台見えること忘れて母は眠ってばかり

灯台を遠く立たせて大型船入りてくるなり海の裂《さけめ》に

触れ合えず大型船と灯台はこの世にありてこの世が涼し

残り時間のばしてあげると芒の穂　好きなひとの名あげつつゆけり

うごかない水にうつった白雲は空の本心ひっ
たりあばく

わらってもわらっても落ち葉ふってくるゆる
してねって言いたくなった

かたわらにピンクの裸足の鳩がいる日差しの
なかが硝子みたいに

風の日は鳥のピンクのあならうらが高層ビルを
擦《こす》ってゆけり

顔

糠床に茄子ねむらせて冬の手はちっともやさしくなってゆかない

なぜならば一緒に暮らせなくなって夜道に白
く山茶花の散る

すすきすすき一緒に揺れていたけれどおのお
の銀に毳立っている

レンブラントは自画像を描き続けた

レンブラント　振り子のように発音し自画像にまた顔を呼び出す

五十四歳《ごじゅうよん》のレンブラントに刻まれた眉間のしわの谷に花降れ

顔面にてのひらをつと滑らせて目蓋にわずか
弾力のある

夢のことながら寝顔はありありと息をしてい
る母の顔なり

厨

山は空だけを抱きしめ空は星だけを抱きしめ
愛《かな》しみのはじめ

いつか、はるか、まだか、そうして別れゆく
きっといつかはもうこないから

まぎれなく木は立っていた　風よ来い火祭り
よ来い　暗い地面に

離さずにいるといった手がここにあり暗い厨
にトマト握って

冬空に手があればいい引きよせて苦しいのか
と聞いてみるのだ

やぶれたる手袋のその片方は新墓となり置かれておりぬ

冬がまた見覚えのある顔をするけれど椿を言うひとおらず

ことごとく冬ことごとく葉をおとす凌霄花この世のはずれ

遠くある窓が開きたりまぶしくて窓の外がわは誰も触れざり

八階の窓から帽子をなげたこと思い出したり
雪のあしたに

面

かろうじて立っているもの現れぬ山のなだり
の冬の陽のなか

うばゆりに背骨はありて現実をかくもまぶしきものと見つめぬ

うばゆりの実のわずかなる裂け目にて裂かれる日々は過ぎてゆくだけ

Who are you ぽつんぽつんと立ち枯れるうばゆりの影かわいらしくも

面会はおもてに会うと書くけれど忘れられつつ見ているおもて

そのひとも死んでしまったと言うときの眼《まなこ》は
ふともちから帯びたり

帰りたいけれど何処へかわからずに雪雲は雪
降らせるばかり

手放してしまった自分を呼んでいる夜そして
昼また眠ってる

吉野山の団栗のせる白い手にうばゆり枯れて
いたこと言わず

呆然とほほえむ顔に草原のまぶしさ兆し　鳥
を飛ばせり

地

雨を忘れ雨におどろく枝となる母のスプーン
小さかりけり

落としたらひやっと広がりそののちに床を濡らして葡萄ゼリーは

床を見るひとのさびしさ拾うため肋骨とぷんと鳴らしてかがむ

車椅子押せば舗道はちかぢかと水たまりには
もうひとつの空

シクラメン白をもたげてそれぞれの高さに冬
のひだまりに咲く

立ち枯れの芙蓉の影が落ちている冬の地面が
したしくもあり

こんなにも地面は近く車椅子　小箱のような
母をのせゆく

そうだろう流れたくないときもあるから白雲よ呑み込んでやる

肋骨はやがて明るむ場所ならばそのなかに木や雲を育てる

いちにちは何も起こらず夕暮れて地に落ちて
いるカーディガンあり

本歌集は二〇二〇年三月から二〇二三年一月までの間につくったうたから三一四首を選び構成した。

後書き

これまでの歌集はある一定期間につくったうたから三分の一ほどを選び、その時の世界やそこで生きる自分を感じながら編んできた。そして今回も同じようにしか編めなかった。今、何冊かの歌集がそれぞれ違う顔をして私のそばに置かれている。なんともぼんやりとした歩みだなあと情けなくなるが、この詩型につい昨日に出会ったような新鮮な気持ちはずっと変わらない。

うたは私がどうしようもなく書いてしまうものであり、歌集はうたが編ませてしまうものだとおもう。
青磁社の永田淳さんは長い時間をともに歩んできた尊敬する歌人のひとりだ。そしてまた気の置けない呑み友だちでもある。そんな彼に、やっと歌集を作ってもらえることになった。また、濱崎実幸さんが組版から装幀まで手がけてくださるという。どんな歌集になるのか楽しみだ。それから、あぶなっかしく無駄の多い私の振る舞いをいつもさりげなく支えてくれるこの世とあの世のひとたちにありったけのありがとうを送りたい。

二〇二四年七月七日

江戸　雪

著者略歴

江戸　雪（えど ゆき）

「西瓜」「Lily」同人。

歌集　『百合オイル』（一九九七年）

『椿夜』（二〇〇一年）

『DOOR』（二〇〇五年）

『駒鳥（ロビン）』（二〇〇九年）

『声を聞きたい』（二〇一四年）

『昼の夢の終わり』（二〇一五年）

『空白』（二〇二〇年）

その他　『今日から歌人！』（二〇一二年）など

歌集　カーディガン　　二〇二四年九月三十日　第一版第一刷発行

著者＝江戸雪＊発行者＝永田淳＊発行所＝青磁社　京都市北区上賀茂豊田町四〇－一（〒六〇三－八〇四五）／電話〇七五－七〇五－二八三八／振替〇〇九四〇－二－一二四二二四／https://seijisya.com/＊装幀＝濱崎実幸＊印刷＝創栄図書印刷＊製本＝渋谷文泉閣　＊定価二八〇〇円（税別）　ISBN978-4-86198-607-9

C0092 ¥2800E